LA
MOITIÉ DU CHEMIN,
COMÉDIE
EN TROIS ACTES ET EN VERS;

PAR L. B. PICARD,

Représentée pour la première fois sur le Théâtre DE LA RÉPUBLIQUE, *le* 2 *Brumaire, l'An* 2 *de la République Française.*

Prix, 1 liv. 10 sols.

A PARIS,

Chez la Citoyenne TOUBON, sous les galeries du Théâtre de la République, à côté du passage vitré.

1794.

PERSONNAGES.	ACTEURS.
DESPRÉS, Citoyen de Paris.	Le Citoyen Michot.
DESPRÉS, son fils.	Le Citoyen Vigny.
DESPRÉS, Cit. d'Angers.	Le Cit. Grandmesnil.
HENRIETTE, sa fille.	La Citoyenne Desprès.
FIGEAC, Gascon, ami de la famille.	Le Citoyen Dugazon.
CHARLES, Aubergiste du Mans.	Le Citoyen Baptiste cadet.
SUZANNE, sa femme, Gasconne.	La Citoyenne Candeille.
BERTRAND, Citoyen du Mans.	Le Citoyen Bouvard.
CHAMPAGNE, Domestique de Després de Paris.	Le Citoyen Baptiste le jeune.

La Scène est au Mans, dans l'Auberge de Charles.

LA MOITIÉ DU CHEMIN, COMÉDIE.

ACTE PREMIER.

SCENE PREMIERE.

FIGEAC, SUZANNE.

FIGEAC.

DÉ l'hôtel du Grand-Cerf, tout lé long du chémin,
On m'a beaucoup vanté la maîtresse et lé vin.
Si lé vin qué l'on boit dans setté hôtellérie
Est aussi capiteux qué vous êtes jolie,
Quel voyageur chez vous peut garder sa raison?

SUZANNE *avec l'accent gascon.*

Jé tiens, sans mé vanter, la meilleure maison
Dé tout lé Mans. Ici lé voyageur abonde,
Et jé sais si bien l'art dé contenter lé monde,

Qu'à régret on s'en va, qu'on reste avec plaisir,
Et qué l'on sé promet tout bas dé révénir.

FIGEAC.

A cet accent chéri, ma belle, jé soupçonne
Qué vous vîtes lé jour aux bords dé la Garonne?

SUZANNE.

A-peu-près; cher Pays; cé fut dans Pézénas
Qué jé naquis.

FIGEAC.

Quel nom prononcez-vous! Hélas!
C'est dans les mêmes lieux qué Figeac prit naissance.

SUZANNE.

Figeac! Qué dites-vous? Au tems dé mon enfance,
Jé connus un Figeac plein dé sens, dé raison,
Quoiqu'enfant. Dé ma mère il était nourrisson.

FIGEAC.

J'admire tes décrets, céleste providence,
Toi qui mé ménageais cetté réconnaissance,
Et qui mé fais trouver ma sœur-dé-lait au Mans.

SUZANNE.

Quoi!

FIGEAC.

Réconnais Figeac à ses embrassémens.

SUZANNE.

Figeac, vous?

FIGEAC.

Oui, c'est moi, cadédis, c'est ton frère.
Réçois mon compliment: il mé paraît, ma chère,
Qué lé ciel a sur toi répandu tous lés dons
Qué l'on voit d'ordinaire en nous autres Gascons.
Jé né sais pas à qui cé ciel t'a destinée;
Mais on sent près dé toi dés désirs d'hyménée;
Et mon cœur est déjà percé dé part en part.

SUZANNE.

Mais pour toucher lé mien vous arrivez trop tard.

FIGEAC.

Qué dites-vous ?

SUZANNE.

Jé dis qué jé suis mariée.

FIGEAC.

Bon, la folie est faite : a qui t'es-tu liée ?

SUZANNE.

A Charles mon garçon, un jeune homme bien fait,
Babillard et jaloux, mais sans cela parfait.
A pareil jour se fit notre hymen l'autre année;
Et pour bien célébrer cette heureuse journée,
Tous nos parens ici doivent se réunir ;
On doit danser, souper, enfin se divertir.

FIGEAC.

Danser ! souper ! mais comment ! c'est presqu'une nôce.
Sandis ! qué j'ai bien fait dé prendré cé carosse !
Jé vais au cher époux faire mon compliment.

SUZANNE.

Laissez, il fait changer l'enseigne en ce moment.

FIGEAC.

Bon ! lé Grand-Cerf pourtant est uné belle enseigne ?

SUZANNE.

Oui, sans doute : il prétend qué dans lé Mans il règne
Un esprit satyrique.

FIGEAC.

Ah ! fort bien ; jé comprends.

SUZANNE.

Lé pays est peuplé dé si mauvais plaisans !

FIGEAC.

Eh ! j'entends; des malins qui disent qu'en ménage,
L'enseigne du Grand-Cerf est d'un mauvais présage.

SUZANNE.

C'est cela ; mais laissons lé cerf et mon mari.

FIGEAC.

Oui, parlons du sujet qui mé conduit ici.
A Paris pour Angers j'ai pris la diligence,
Qui doit coucher au Mans ce soir. Jé la dévance
D'une heure au plus, peut-être : en voici la raison ;
Jé voulais à prix d'or trouver dans la maison
Quelqu'un qui pût m'aider dans certain stratagême.
Jé né m'attendais pas que l'hôtessé elle-même
Plus qu'une autre serait portée à mé servir.

SUZANNE.

Parlez ; dé vous aider jé mé fais un plaisir.

FIGEAC.

Jé vais en moins de mots qu'il me sera possible,
Conter le fait. Després, jeune homme doux, sensible,
Pour sa jeune cousine est enflammé d'amour,
Et par l'aimable enfant est payé dé retour.
De ces deux jeunes gens les pères sont deux frères,
Veufs, jumeaux, et tous deux riches propriétaires.
L'un démeure en Anjou, l'autre loge à Paris.
Il règne en leur humeur un rapport si précis,
Qué cé qu'à l'un des deux à Paris on voit faire,
Est fait au même instant en Anjou par son frère.

SUZANNE.

Sé peut-il ?

FIGEAC.

Par malheur pour nos jeunes amans,
Les papas sont brouillés dépuis près dé deux ans ;
Ils sont jumeaux ; tous deux prétendent à l'aînesse :
Je leur ai dit vingt fois ; c'est une petitesse ;
Ils sont têtus ; chacun à chérir l'autre est prêt,
Si cet autre veut bien s'avouer lé cadet.

SUZANNE.

Dé-là mille chagrins?

FIGEAC.

Després sera mon gendre,
Dit notre homme d'Angers à sa fille trop tendre;
Mais pour former ces nœuds, qui mé conviennent fort,
Il faut attendre au moins qué ton oncle soit mort.
Ta cousiné, dit l'autre, est aimable, jolie;
Né crois pas l'épouser pourtant pendant la vie
Dé son père.

SUZANNE.

Qué faire?

FIGEAC.

En cette extrémité
J'exécute un projet par l'amitié dicté:
Au bonhommé d'Angers j'écris et jé fais croire
Qué son malheureux frère a passé l'ondé noire;
Puis chez l'autre à Paris jé cours lé lendémain,
Mon œil mouillé dé pleurs, uné lettré à la main,
Dans laquellé est inclus un extrait mortuaire
Qui constate à ses yeux lé décès dé son frère.
Tous les deux sé croyant morts réciproquément,
Peut-être dé l'hymen viendra l'heureux moment,
Mé disois-je. Voilà mes vieillards en voyage,
Voulant, commé tuteurs, récueillir l'héritage;
Et tous les deux en deuil séront ici cé soir.
Vous concévez très-bien, sitôt qu'ils vont sé voir,
Qué jé perds à jamais lé fruit dé mon génie;
Car ils réconnaîtront qu'ils sont tous deux en vie.
Ditès-moi mainténant, dans un semblablé cas,
Lé diable pourrait-il sé tirer d'embarras?

SUZANNE.

A cé jeune Després déjà jé m'intéresse:
Il faut, mon cher Figeac, déployer notre adresse.
Pour fairé le bonheur dé ces jeunes amans,
Ditès-moi, suivent-ils en toute leurs parens?

FIGEAC.

Oui, vraiment; et tous deux ne savent rien encore
Du trait qué l'amitié pour eux a fait éclore;

Et commé tous les deux sont doués d'un bon cœur,
Chacun pleuré son oncle; et puis à la douleur
Se mêle un sentiment dé joyeuse espérance;
Ils vont enfin sé voir après deux ans d'absence.
Qué faire?

SUZANNE.

Jé né sais; mais, en habilés gens,
Sachons mettre à profit tous les événémens;
Jé veux qu'on signe ici lé contrat. Qué jé meure,
Si les vieillards avant sortent dé ma déméure.
D'abord laissons-les croire au mutuel trépas;
Puis après nous verrons. Jé né mé vanté pas;
Mais diré qué je suis jolie, adroite, fine,
Et qué jé sais juger un homme sur sa mine,
C'est diré tout au plus l'exacte vérité,
Et cé n'est pas, jé crois, avoir dé vanité.

FIGEAC.

Vous avez du mérite et dé la modestie;
Vous êtes du pays; mais après, jé vous prie.

SUZANNE.

Jé né veux qu'un instant pour connaître nos gens,
Et jé verrai s'il faut, pour lé bien des amans,
Laisser les papas morts, ou les faire révivre.

FIGEAC.

J'ai commencé, ma sœur; c'est à vous dé poursuivre;
Dans l'intrigue à présent jé suis votré sécond;
Jé m'en rapporte à vous. Dans cette affaire, au fond,
Jé né lé céle pas, lé bien public m'anime;
Car dé deux jeunes gens l'union légitime
Est toujours profitable à la société.
Cé couplé, pour les mœurs, un jour séra cité.
Mais jé cours au-dévant dé l'autré diligence.
J'entends vénir la nôtre, et jé veux, par prudence,
Pendant quelqués instans, amuser l'Angévin:
La fillé viendra seule, et verra son cousin;
Vous leur ménagérez un pétit tête-à-tête.
Sans peine jé férai qué lé papa s'arrête:

Ils ont pour passion la ragé d'acquérir ;
Dévant quelqué maison jé puis lé réténir :
Jé né vous parlé pas dé ma réconnaissance.

SUZANNE.

Lé bonheur dé Desprès féra ma récompense.

FIGEAC.

A ce bal abandon, à ces généreux soins,
Jé réconnais ma sœur ; jé n'attendais pas moins.
A propos, j'oubliais encor dé vous apprendre :
Les vieillards sont d'humeur vive, amoureuse et tendre;
Ils vont vous adorer, et puis vous en férez,
Quand ils vous aiméront, tout cé qué vous voudrez.

SCÈNE II.

SUZANNE *seule.*

M'ADORER ! c'est charmant ! et dé sa jalousie,
Avec un peu d'adresse et dé coquétterie,
Voilà l'occasion dé guérir mon mari.
Jé l'aime, et jé voudrais qu'il dévînt accompli.
Pour vous, dé qui lé cœur, malgré l'âge, s'enflamme,
Et qui dé vos enfans voulez gêner la flamme,
Messieurs, jé saurai bien, malgré vous, les unir.
On vient : dans nos projets tâchons dé réussir.
S'il faut qué par mes soins cet hymen s'accomplisse,
C'est rénouer lé mien sous un heureux auspice.

SCENE III.

SUZANNE, DESPÉS *de Paris*, DESPRÈS *fils*, *tous deux en deuil*, CHARLES.

CHARLES *montrant une chambre.*

PAR ici, Citoyens ; vous serés mieux qu'ailleurs.

SUZANNE.

C'est cette chambre-là qu'on donne à ces Messieurs ?

CHARLES.

Oui.

SUZANNE.

J'y vais tout ranger. (*Elle entre dans la chambre*).

CHARLES.

Votre ami, tout-à-l'heure,
A retenu pour vous la chambre la meilleure.

DESPRÈS *père.*

Figeac ! Où donc est-il ?

CHARLES.

Mais de la fin du jour
Pour profiter, je crois qu'aux champs il fait un tour :
Il va rentrer.

DESPRÈS *père.*

Fort bien. Ces voitures publiques
Nous offrent quelquefois des rencontres uniques.
Cette femme du fond, et qui babillait tant,
Etait, ma foi, fort bien : qu'en dis-tu, mon enfant ?

DESPRÈS *fils.*

J'ai pris à sa beauté bien peu garde, mon père.

DESPRÉS *père.*

Ah! j'oubliais. Comment t'aurait-elle pu plaire,
A toi qui n'as des yeux que pour un seul objet?
Mais je ne conçois pas à présent le sujet
De ta douleur. Au fond, ton oncle avait de l'âge.

DESPRÉS *fils.*

Vous étiez jumeaux?

DESPRÉS *père.*

Oui; mais le libertinage
L'avait vieilli d'avance; et puis c'est qu'il buvait.
Votre vin est-il bon, mon cher hôte?

CHARLES.

Parfait.

DESPRÉS *père.*

Enfin, il est bien mort; laissons en paix son ame.
Ta cousine, mon fils, sera bientôt ta femme:
Avec elle je veux agir en bon tuteur,
Et remplir, si je puis, tous les vœux de son cœur.
Son pauvre père était un homme sans conduite:
Je vais trouver, je crois, sa fortune réduite.
Il avait à Paris déjà maint créancier
Que je lui connaissais; j'ai cru devoir payer,
Et je l'ai fait, avant de me mettre en voyage.
J'en vais trouver là-bas sans doute davantage.
Entre nous, il est mort; peut être a-t-il bien fait;
Il n'aurait rien laissé, du train dont il allait.
Il se prenait d'amour pour la première femme.

SUZANNE *rentrant.*

Tout est prêt; vous pouvez entrer.

DESPRÉS *père.*

Allons. Madame
Est, à ce que je vois, maîtresse de ces lieux?

SUZANNE.

Il est vrai.

DESPRÉS *père.*

Ce minois est des plus gracieux,
Et son accent la rend mille fois plus piquante.
La femme du carosse était moins séduisante.
Je veux. . . .

CHARLES *se mettant entre l'hôtesse et Desprès père.*

Que vous faut-il pour souper, s'il vous plaît ?
Car ma femme est pressée : en deux mots, il faudrait. . .

DESPRÉS *père.*

Pour souper ? peu m'importe ; et pourvu que je mange,
Moi, cela m'est égal. Cette femme est un ange.
Ah ! que vous possédez un précieux trésor !

CHARLES.

Citoyen, votre chambre est dans ce corridor.

DESPRÉS *père.*

C'est que l'auberge plaît, quand l'hôtesse sait plaire,
N'est-ce pas ?

CHARLES.

Citoyen, souffrez qu'on vous éclaire.

DESPRÉS *père.*

Je vous suis. Sans adieu, Madame.

(*Charles et Desprès père entrent dans la chambre*).

SUZANNE *retenant Desprès fils.*

Doucément !
Pourrais-je vous parler dans un petit moment ?

DESPRÉS *fils.*

Me parler !

SUZANNE.

Il s'agit de la chère cousine.

DESPRÉS *fils.*

Et comment savez-vous ?

SUZANNE.

Comment ? jé lé dévine.

Vous aimez, on vous aime : on a gêné vos feux ;
Vous brûlez de vous voir depuis deux ans tous deux.
Vous vous verrez ce soir.

DESPRÉS *fils*.

Eh mais, par quel mystère.

SUZANNE.

Chut! j'entends mon mari; rejoignez votre père.
(Il entre dans la chambre au moment où Charles en sort.)

SCÈNE IV.

CHARLES, SUZANNE.

CHARLES.

Quoi ! quand je reconduis le père, pour raison,
Le fils est avec vous en conversation ?

SUZANNE.

Là, ne voila-t-il pas que votre jalousie
Vous tracasse, et vous fait soupçonner votre amie?

CHARLES.

Pouvez-vous m'accuser d'un défaut aussi bas ?

SUZANNE.

Vous n'êtes pas jaloux ?

CHARLES.

Non, je ne le suis pas.
Mais je voudrais savoir ce qu'il pouvait vous dire ?

SUZANNE.

De l'amour, près de moi, qu'il sentait le martyre.

CHARLES.

Et vous lui répondiez ?

SUZANNE.

Ce que je répondais ?
Dé sa civilité jé lé rémerciais :
Avec les voyageurs, il faut qu'on soit polie.

CHARLES.

Sans doute ; après ?

SUZANNE.

Après ? . . . . Mais dans l'hôtellérie
J'entends entrer, jé crois, lé carossé d'Angers :
Jé vous laisse, et vais fairé accueil aux étrangers.

CHARLES *seul*. (*Elle sort*).

Accueil aux étrangers ! Sur tout ce qui se passe
Il faut veiller : allons.

SCÈNE V.

CHARLES, DESPRÉS *fils*.

DESPRÉS *fils*.

Un seul moment, de grace.
Mon père, en attendant qu'on serve le soupé,
Sommeille ; et moi, sans bruit, je me suis échappé
Pour savoir ce qu'enfin veut me dire l'hôtesse.

CHARLES.

L'hôtesse ?

DESPRÉS *fils*.

Oui ; du logis n'est-elle pas maîtresse ?

CHARLES.

Celle qui dans l'instant conversait avec nous ?
(*Bas*.)
Un rendez-vous ! et c'est à moi qu'il se confie !

DESPRÉS *fils.*

Ah ! mon cher ! il y va du bonheur de ma vie.

CHARLES.

Fort bien.

DESPRÉS *fils.*

Vous m'avez l'air d'un homme complaisant.

CHARLES.

Citoyen ?

DESPRÉS *fils.*

Vous voyez, je parle franchement ;
Vous devez être au fait. Si j'ai bien su l'entendre,
Ma cousine, ce soir, en ces lieux doit se rendre.
Est-il vrai ? Mais comment êtes-vous informé
Que j'aime ma cousine, et que j'en suis aimé ?

CHARLES *à part.*

Ah ! je n'y suis pour rien. Graces au ciel, je respire.
(*Haut.*)
En aucune façon je ne puis vous instruire ;
J'ignore ce qu'a dit ma femme là-dessus :
Elle seule pourra vous conter le surplus.
Et, tenez, la voici.

DESPRÉS *fils.*

Ma cousine avec elle
Monte peut-être.

SCENE VI.

CHARLES, SUZANNE, DESPRÉS *fils*, HENRIETTE *en deuil.*

SUZANNE.

E[illegible] Mademoiselle,
Bien plus commodément ici vous pourrez attendre
Que votre père arrive.

DESPRÉS *fils.*

Henriette ?

HENRIETTE.

Cher Desprès !

CHARLES *à sa femme.*

Dites-moi ?

SUZANNE.

Nous avons là-bas assez d'ouvrage ;
Sans qué jé compte encor l'embarras du ménage :
Véuez ; laissons en paix causer ces deux amans.

CHARLES.

Mais expliquez-moi donc...

SUZANNE.

Jé n'en ai pas lé tems.

CHARLES.

Si j'y comprends un mot, je veux qu'on m'assassine.

SCÈNE VII.

DESPRÉS *fils*, HENRIETTE.

DESPRÉS *fils.*

Vous voilà donc enfin, ma charmante cousine :
Par quel heureux hazard êtes-vous en ces lieux ?
Pardon ! je vois des pleurs qui roulent dans vos yeux.

HENRIETTE.

Ah ! je pleure sur vous ; mon aspect, ma parure
Doivent cruellement rouvrir votre blessure.

DESPRÉS *fils.*

Je vous entends, hélas ! vous me connaissez bien :
C'est par votre chagrin que vous jugez du mien.
C'était un si brave homme !

HENRIETTE.

HENRIETTE.

Oh, oui ! sur-tout bon père.

DESPRÉS *fils*.

C'est ce qui rend encor sa perte plus amère,
Je le sens ; mais enfin, vous aurez beau gémir,
Nous sommes ici-bas placés pour en sortir.

HENRIETTE.

Sans doute ; votre mal est un mal sans remède :
C'est l'instant d'appeler la raison à son aide.

DESPRÉS *fils*.

Usez donc de la vôtre en un si grand malheur.

HENRIETTE.

Des consolations savourez la douceur.
Monsieur Figeac...

DESPRÉS *fils*.

Je sais ; ce Figeac est vraiment
D'un bon et franc ami le plus parfait modèle.

HENRIETTE.

En cette occasion, qu'il a montré de zèle !

DESPRÉS *fils*.

Pour le pauvre défunt, qu'il était complaisant !

HENRIETTE.

Ah ! jusques sur son fils cette amitié s'étend.

DESPRÉS *étonné*.

Sur son fils, dites-vous ?

HENRIETTE.

Oui.

DESPRÉS *fils*.

Sur sa fille ?

HENRIETTE.

Qu'est-ce ?

DESPRÉS *fils*.

Vous vous trompez.

HENRIETTE.

C'est vous.

DESPRÉS *fils*.

Qui? moi? Notre tristesse
Vient de votre côté.

HENRIETTE.

C'est du vôtre, je croi.

DESPRÉS *fils*.

Mais je ne perds qu'un oncle.

HENRIETTE.

Un oncle? eh mais, c'est moi.

DESPRÉS *fils*.

Allons, vous vous moquez.

HENRIETTE.

N'est-ce pas votre père
Qu'à l'instant nous pleurions?

DESPRÉS *fils*.

C'est le vôtre, au contraire.

HENRIETTE.

Mais il serait donc mort sans que j'en susse rien?

DESPRÉS *fils*.

C'est vous qui m'apprenez que j'ai perdu le mien.

HENRIETTE.

Votre père est vivant?

DESPRÉS *fils*.

Il se porte à merveille;
Et jusques au souper, il est là qui sommeille.

HENRIETTE.

Vous allez voir le mien dans un instant ici.

DESPRÉS *fils*.

C'est Figeac...

HENRIETTE.

Quoi, Figeac? Voilà tout éclairci.

DESPRÉS *fils.*

Mais ici, s'il vous plaît, vous, que venez-vous faire?

HENRIETTE.

Nous? Le même motif qui conduit votre père
En Anjou, vers Paris, je crois, conduit le mien.
Des deux mineurs, chacun voulait régir le bien.
Ils sont partis tous deux, en même-tems sans doute.
Comme le Mans se trouve au milieu de la route...

DESPRÉS *fils.*

J'entends; mais c'est Figeac auquel je n'entends rien.

HENRIETTE.

Pourquoi tuer les gens, quand ils se portent bien?

DESPRÉS *fils.*

Il nous expliquera peut-être ce mystère:
En attendant, je goûte un plaisir bien sincère.
Je vous vois, je vous parle enfin, après deux ans;
Ceux que nous croyions morts, sont tous les deux vivans.

SCÈNE VIII.

LES PRÉCÉDENS, SUZANNE.

SUZANNE.

J'interromps à regret une douce entrevue;
Mais Figeac d'assez loin vient de frapper ma vue:
Il est avec quelqu'un qu'à sa mine, son port,
Jé tiens pour votré père, ou jé mé trompe fort.
Comme il sérait fâcheux qu'il vous surprît ensemble,
Il faut vous séparer sans délais.

DESPRÉS *fils.*

Il me semble ;
A cet avis donné si charitablement,
A vos premiers discours, sur-tout à votre accent ;
Que vous et ce Figeac êtes d'intelligence :
De grace, mettez-nous dans votre confidence.
Que se propose-t-il ?

SUZANNE.

Lé bien dé ses amis.
Nous voulons, par vos soins, vous voir tous deux unis ;
Mais il faut nous laisser les maîtres dé l'affaire.

DESPRÉS *fils.*

Comment puis-je souffrir qu'on trompe ainsi mon père ?

SUZANNE.

Et si jé vous réponds dé son consentément ;
Qu'importent les moyens ? Songez au dénouement.

DESPRÉS *fils.*

Ah ! si vous m'obtenez la main de ce que j'aime ;
Comment m'opposerai-je à votre stratagême ?

HENRIETTE.

Pouvons-nous décemment ?

DESPRÉS *fils.*

Il faudrait...

SUZANNE.

S'en aller.

HENRIETTE.

Si nos parens ici pouvaient renouveller
Cette étroite amitié du tems de leur enfance,
Comment vous exprimer notre reconnaissance ?

SUZANNE.

Cetté réconnaissance est facile à prévoir.
Dé grace, laissez-moi.

DESPRÉS *fils.*

Quand pourrai-je revoir
Ma cousine ?

SUZANNE.

Bientôt.

HENRIETTE.

Croyez que je desire......?

SUZANNE.

Lé cousin sait déja cé qué vous voulez dire.
Allons, tout est perdu si l'on vous trouve ici :
Entrez dans cetté chambré, et vous dans cellé-ci.
(Elle fait entrer Henriette dans la chambre opposée à celle de Després de Paris.)

SCÈNE IX.

CHARLES, SUZANNE, DESPRÉS *fils.*

CHARLES.

Encor eux !

DESPRÉS *fils.*

Ah, mon cher ! dans l'excès de ma joie,
Il faut que mon transport devant vous se déploye.
Dans la vivacité.... de grâce, excusez-moi ;
(*Haut*). Je n'oublierai jamais ce que je vous doi.
(Il sort.)

SCÈNE X.

CHARLES, SUZANNE.

CHARLES.

Ce Monsieur pour les gens se passionne vite!
Je n'ai point mérité cette amitié subite.

SUZANNE.

Mais du premier coup-d'œil n'êtes-vous pas bien fait
Pour inspirer, mon cher, lé plus vif intérêt?

CHARLES.

Quelle honte, pourtant! Il porte la tristesse
Sur ses habits; son cœur se livre à l'allégresse.
De pareils sentimens ne lui font point d'honneur.
Quelque proche en mourant le laisse possesseur
D'un grand bien, n'est-ce pas?

SUZANNE.

Jé lé pense.

CHARLES.

Mais il vous en a fait, je crois, la confidence?
Allons, contez-moi tout.

SUZANNE.

Jé né saurais cé soir.

CHARLES.

Sont-ce des voyageurs encor à recevoir
Qui vous arrêtent?

SUZANNE.

Non, je n'attends plus personne,
Qué nos amis, à qui vous savez qué jé donne

Uné fête, un souper. Il faut tout préparer ;
Et c'est dé si bon cœur qué jé vais célébrer
Cé jour qui mé rappelle une époqué bien chère !
C'est dé notre union l'heureux anniversaire.
En vous, à pareil jour, jé trouvai pour époux
Un homme confiant, et sur-tout point jaloux !

(*Elle sort.*)

CHARLES *seul.*

Point jaloux ! elle raille. Ah ! quelle hardiesse
A moi d'avoir choisi pour ma femme une hôtesse !
De Suzanne je crois le cœur très-vertueux ;
Mais que pour la vertu son poste est dangereux !

Fin du premier Acte.

ACTE II.

SCÈNE PREMIÈRE.

DESPRÉS *d'Angers en deuil*, FIGEAC, SUZANNE.

DESPRÉS *d'Angers.*

Non, Figeac, je ne puis m'empêcher de le dire :
Votre amitié vraiment mérite qu'on l'admire.
Quoi ! pour me voir plutôt, quitter ainsi Paris,
Et venir jusqu'au Mans !

FIGEAC.

Eh, donc ! pour ses amis,
Quand ils sont affligés, qué né doit-on pas faire !
Cessez dé mé vanter uné chose ordinaire ;
Jé n'ai fait qué céder au penchant dé mon cœur :
Du vôtre dévinait aisément il la douleur.
Las ! après un tel coup, quels chagrins sont les nôtres !
Jé brûlois dé mêler mes pleurs avec les vôtres.

DESPRÉS *d'Angers.*

Vous êtes, sans mentir, un ami précieux :
D'être chéri de vous, moi, je suis glorieux.

FIGEAC.

Laissez donc, et parlons un peu dé vos affaires ;
Il est en pareil cas millé soins nécessaires
Qu'il faut prendre.

DESPRÉS *d'Angers.*

Oui, sans doute, et je vais à Paris
Tout exprès pour servir de conseil à son fils.

J'aimais mon frère, moi, malgré notre querelle,
Et nous nous querellions pour une bagatelle.
Au fond aussi, j'allais céder quand il est mort,
Quoiqu'il fût bien certain que le pauvre homme eût tort;
Car j'étais son aîné, c'est un fait; c'est dommage;
Car il m'aimait aussi, j'en suis sûr.

FIGEAC.

A la rage.
Et lé fait, entré nous, n'est pas bien surprénant;
Vous aviez un esprit en tout point ressemblant.

DESPRÉS *d'Angers*.

Justement je le pleure à présent. Je parie
Que si, de son vivant, j'avais perdu la vie,
Figeac, mon pauvre frère, avec sincérité
M'aurait également pleuré de son côté.

FIGEAC.

Comment! mais c'est un fait qué jé vous cautionne;
Et je puis là-dessus mieux parler qué personne.
Dé tous deux, en tous tems, jé fus lé confident;
Et vingt fois lé défunt m'a dit précisément
Cé qué jé viens d'ouïr sortir dé votré bouche.
Jugez si jusqu'à l'ame un tel rapport mé touche!

DESPRÉS *d'Angers*.

Pensons à mon neveu. Cette grande maison
Que, tout-à-l'heure, avec assez d'attention
J'examinais, présente un aspect fait pour plaire;
Elle ne doit pas être excessivement chère;
Nous en pourrions fort bien faire l'acquisition
Avec l'argent comptant de la succession.

SUZANNE.

Puis-jé vous demander, sans trop êtré indiscrette,
Quelle est cetté maison dont Monsieur fait l'emplette?

FIGEAC.

Tout auprès dé la ville, un ci-dévant château,
Sur la porté duquel sé trouve un écriteau...

SUZANNE.

Jé vois.

DESPRÉS *d'Angers.*

Cette maison de la vôtre est voisine :
Ma foi, j'ai bien à-cœur que cela se termine.
Alors chez mon neveu, moi, je viendrais loger.
Et comment, près de vous, regretterais-je Anger ?
(*A Figeac*).
Savez-vous qu'elle est bien, au moins, fraîche, jolie ?

FIGEAC.

Comment! c'est un charmant bijou dé fantaisie;
Et puis, au simple aspect, moi, jé vous garantis
Que les gros murs en sont solidément bâtis.

DESPRÉS *d'Angers.*

Laissez-là vos gros murs ; je parle de l'hôtesse.

FIGEAC.

Ah ! fort bien, vous vantez sa grâce, sa jeunesse.

DESPRÉS *d'Angers.*

Que peut-elle valoir ?

FIGEAC.

Qui donc ? Madame ?

DESPRÉS *d'Angers.*

Non ;
La maison.

FIGEAC.

Nommez donc les choses par leur nom.

SUZANNE.

Mais, pour avoir du bien la connaissance entière,
Avec mon homme allez chez le propriétaire.

DESPRÉS *d'Angers.*

Vous êtes mariée ?

SUZANNE.

A vous servir, Monsieur.

DESPRÉS *d'Angers.*

Trois fois heureux celui qui touche votre cœur.
Il serait fort joli qu'ici je m'établisse.
Ce serait à Desprès, au fond, rendre service,
Que du bien de mon frère ainsi faire l'emploi.
Au lieu de lui, pourtant, Figeac, si c'étoit moi
Qui fus mort, croyez-vous que le pauvre imbécille
Aurait ainsi placé les fonds de sa pupile?
C'était un fort brave homme; oh! oui; mais libertin!...
N'en disons point de mal; c'était mon frère enfin...
A propos, et ma fille, elle est ici, je pense?

SUZANNE.

Elle vient d'arriver avec la diligence.

DESPRÉS *d'Angers.*

(*A Figeac*).
Bien. J'aime cette femme; elle a je ne sais quoi,
Qui... Voyons la maison; venez-vous avec moi?

FIGEAC.

Pardon; mais jé voudrais profiter du voyage
Pour rendré ma visite à certain personnage
Qui mé doit dé l'argent au Mans: jé vais chez lui.

DESPRÉS *de Paris parlant de sa chambre.*

Holà! quelqu'un.

DESPRÉS *d'Angers.*

Qu'entends-je?

DESPRÉS *de Paris.*

Est-ce pour aujourd'hui
Que l'on me veut servir?

SUZANNE.

Dans un instant. Eh, Charle,
Servez donc cé Monsieur.

DESPRÉS *d'Angers.*

Quel est celui qui parle?

SUZANNE.

Un voyageur.

DESPRES *d'Angers.*

Le trait est singulier, parbleu!
Il a le son de voix de mon frère.

FIGEAC.

Oh! très-peu.

SUZANNE.

Frappé d'un souvénir aussi récent qué tendre,
Vous vous imaginez par-tout lé voir, l'entendre.

FIGEAC.

Oh! c'est bien naturel. Mais lé soleil s'enfuit;
Pour voir cette maison, n'attendez pas la nuit.

DESPRÉS *d'Angers.*

J'y vais, pour revenir bien vite. De ma vie,
Je crois que je n'ai vu de femme plus jolie.
(*A Figeac*).
Vous reviendrez souper, Figeac?

FIGEAC.

Et dé grand cœur.

DESPRÉS *d'Angers.*

Sans adieu. (*Il sort*).

FIGEAC.

Cadédis! c'est pour nous un bonheur
Qu'il parte. Voici l'autre.

SCÈNE II.

LES PRÉCÉDENS, DESPRÈS *de Paris.*

DESPRÈS *de Paris.*

EH BIEN, ma chère dame,
Pourquoi nous faire attendre ainsi? Charmante femme,
Sur ma foi!

SUZANNE.

Mon mari, Monsieur, vient dé sortir :
Un peu dé patience, et l'on va vous servir.

DESPRÉS *de Paris.*

Allons donc. Eh! Figeac, vous voilà! Mais d'où diable
Venez-vous? Nous allions, sans vous, nous mettre à table.
Allons ; venez souper.

FIGEAC.

C'est par trop dé bonté.

(*A part*).

Dé deux soupers ainsi jé mé trouve invité.
Commençons avec l'un dé fairé bonné chère ;
Puis, nous verrons après lé souper dé son frère.

DESPRÉS *de Paris.*

Eh mais! j'entends quelqu'un : c'est un courrier.

SUZANNE.

Tant mieux ;
C'est quelqué voyageur qu'il précède en ces lieux.

DESPRÉS *de Paris.*

Je ne me trompe pas ; c'est mon valet Champagne.
Et par quelle raison s'est-il mis en campagne?

SCÈNE III.

LES PRÉCÉDENS, CHAMPAGNE.

CHAMPAGNE.

MA foi, j'accours en poste, et suis tout essoufflé.
On a sur vos effets apposé le scellé.

DESPRÉS *de Paris.*

Le scellé?

CHAMPAGNE.

Citoyens, quel est donc ce caprice ?
Caprice ! m'a-t-on dit ! insolent, c'est justice.
Pourquoi sceller mon maître, et moi, par contre-coup ?
Sous leur maudit cachet ils enveloppaient tout.
—Nous avons nos raisons. —Mais il est en voyage !
—Et oui, pour l'autre monde. —Et non pour l'héritage
De son frère ? —Allons donc. —Mais pourtant ?... Vain effort ;
Ils m'ont presque prouvé...

DESPRÉS *de Paris.*

Quoi ?

CHAMPAGNE.

Que vous étiez mort.

DESPRÉS *de Paris.*

Qui diable a donc pu faire une pareille histoire ?

CHAMPAGNE.

Je leur ai demandé, comme vous pouvez croire.
C'est un de vos parens.

DESPRÉS *de Paris.*

Bon !

CHAMPAGNE.

Au juge-de-paix,
Ce Monsieur, m'ont-ils dit, écrivait tout exprès.

DESPRÉS *de Paris.*

Qui ?

CHAMPAGNE.

Ne voulaient-ils pas que ce fût votre frère ?

FIGEAC.

Lui qui n'est plus !

SUZANNE.

La chose eût été singulière !

CHAMPAGNE.

Je les ai détrompés; mais faut-il maintenant
Vous parler net ? Je crois votre cousin Bertand
Auteur de tout ceci.

DESPRÉS *de Paris.*

Cela pourrait bien être.

SUZANNE.

Cé Bertrand est un sot, si jé m'y puis connaître.

FIGEAC.

Eh oui, chaqué famillé a toujours son benêt.

DESPRÉS *de Paris.*

C'est le nôtre.

SUZANNE.

Ah ! fort bien, jé dévine le fait.

FIGEAC.

Il sait qu'un sien cousin vient dé perdré la vie.

DESPRÉS *de Paris.*

Et l'imbécille croit que c'est moi, je parie ?
Et parce qu'on lui doit quelqu'argent, presque rien,
Il a fait apposer le scellé sur mon bien.

CHAMPAGNE.

Oui, mais votre valet est plus fin qu'on ne pense ;
Il a tout arrangé ; graces à ma prudence,
Les scellés sont par-tout.

FIGEAC.

Plaisant arrangement !

CHAMPAGNE.

Ils voulaient me choisir pour gardien : finement
Je propose mon oncle ; on lui donne le poste,
Et pour vous prévenir, j'ai déjà pris la poste.
Je crève deux chevaux ; j'arrive, je vous voi,
Je vous instruis du fait en quatre mots ; et moi,
Qui de ma fatigue ai besoin de remettre,
Je m'en vais boire un coup, si vous voulez me le permettre.

(*Il sort.*)

FIGEAC.

C'est très-bien fait à vous.

SCÈNE IV.

LES PRÉCÉDENS, hors CHAMPAGNE.

DESPRÉS *de Paris.*

CONCEVEZ-VOUS pourquoi,
Parce qu'un autre est mort, j'ai les scellés chez moi ?

FIGEAC.

Ah ! né m'en parlez pas : la chose est incroyable.
J'y rêve, et jé m'y perds. Allons nous mettre à table.

DESPRÉS *de Paris.*

Soupons; et sur-le-champ je pars pour Paris.
Quelqu'intérêt, ma foi, qu'on prenne à ses amis,
A ses parens, il faut songer à ses affaires.

FIGEAC.

Oui ; mais vos soins, là-bas, sont-ils si nécessaires ?

DESPRÉS *de Paris.*

Comment donc ?

FIGEAC.

Les scellés sont mis sur votré bien
Sous la protection d'un honnêté gardien.
Vous pouvez voyager, dès-lors, en assurance,
Sans craindré qu'un frippon vous vole en votre absence;
Et sans peine, jé crois, Monsieur, vous prouvérez
Qué vous n'êtes pas mort, quand vous réparaîtrez.

DESPRÉS *de Paris.*

Fort bien. Mais en Anjou, comme l'on a dû mettre
Les scellés chez mon frère, ainsi que par ma lettre
Je le recommandais ; le plus pressé, je croi,
C'est de les faire ôter promptement de chez moi.
Soupons donc, et partons. (*Il sort.*)

FIGEAC.

Jé vous suis.

SCÈNE V.

SCÈNE V.

FIGEAC, SUZANNE.

FIGEAC.

Lé tems presse ;
Il faut précipiter l'effet dé notre adresse.
Les voitures d'ici qui bientôt vont partir,
L'annonce des scellés, tout nous force d'agir.
Chacun des deux déjà vous trouve fort aimable ;
Et jé mé chargé, moi, dé réténir à table
Célui des deux à qui vous né parlérez pas.
La chose est importante : avouez qu'en cé cas,
Mon rôle est difficile, et vaut au moins lé vôtre.
Jé né puis quitter l'un qué pour boire avec l'autre.
(*Il sort.*)

SCÈNE VI.

SUZANNE *seule.*

Fort bien ! ils vont souper et boire avec excès.
Qué leur amour pour moi va fairé dé progrès !
S'il augmente d'autant qué leur raison décline,
J'unirai promptément Després à sa cousine.

SCÈNE VII.

SUZANNE, HENRIETTE.

HENRIETTE.

Ah, Madame ! où donc est mon père ? je l'attends
Depuis une heure au moins.

SUZANNE.

D'une maison du Mans,
Pour votre cher cousin, il cherche à faire emplette.

HENRIETTE.

Et quand pour mon cousin, mon père ainsi projette,
Celui dont il hérite est encore vivant ?

SUZANNE.

Oui. Ne trouvez-vous pas le fait divertissant ?

HENRIETTE.

L'aventure, en effet, me semble assez plaisante.
Quant à cette maison qui se trouve en vente,
Mon père et le vendeur peuvent tomber d'accord :
Les laisserez-vous faire alors ?

SUZANNE.

Et mais, très-fort.
Cet argent sera bien placé pour la famille :
Je veux que la maison soit la dot de sa fille.

SCÈNE VIII.

LES PRÉCÉDENS, CHARLES, DESPRÉS *d'Angers*, BERNARD.

DESPRÉS *d'Angers*.

J'AMÈNE le vendeur : sa maison est à moi.
Bonsoir, ma chère enfant... C'est un beau bien, ma foi ;
Un peu cher ; mais enfin la folie en est faite ;
C'est, tout examiné, pour moi que je l'achète,
Et non pour mon neveu. Comme j'ai quelque argent
Par devers moi, je vais payer moitié comptant,
Et de l'autre, je fais la rente viagère
Au citoyen...

HENRIETTE.

Comment ?

DESPRÉS *d'Angers*.

Je le crois poitrinaire.

SUZANNE.

Il faut vous ressembler pour aller si bon train !

DESPRÉS *d'Angers*.

En affaire, en amour, je vais droit mon chemin.

BERNARD.

Comme j'ai travaillé long-tems chez les notaires ;
Et que je fais métier de faire des affaires,
C'est moi qui vais dresser l'écrit en question.
(*Il s'assied et écrit*).

DESPRÉS *d'Angers*.

Bien.

CHARLES *à Desprès*.

C'est pour recueillir une succession ;

Que d'Angers à Paris vous faites le voyage,
Je le vois ; votre habit de loin sent l'héritage.
Me trompé-je ?

DESPRÉS *d'Angers.*

Hériter ? je n'ai pas ce bonheur.
Je vais d'un mien neveu m'établir le tuteur.

CHARLES.

Ah ! dans ce moment-ci, j'ai certaine personne
Dans un cas tout semblable, à ce que je soupçonne,
Un homme de votre âge, et, comme vous, en noir.
Il vient de Paris.

DESPRÉS *d'Angers.*

Ah !

CHARLES.

Voudriez-vous le voir ?
Nous aimons à trouver quelqu'un qui nous ressemble ;
On peut de ses chagrins se consoler ensemble.

DESPRÉS *d'Angers.*

Ah parbleu, volontiers.

CHARLES.

Je m'en vais l'avertir.

HENRIETTE

(*A part*). Ciel ! nous serions perdus ! (*Haut*). Un moment. Quel plaisir
D'un pareil entretien espérez-vous, mon père ?
Il vous affligera, bien loin de vous distraire.

DESPRÉS *d'Angers.*

Tu crois ?

HENRIETTE.

Oh ! j'en suis sûre ; et d'ailleurs, ce Monsieur
Est, à ce que je pense, aussi dans la douleur.

SUZANNE.

Ah ! peut-on mieux penser qué cetté Démoisèlle ?

HENRIETTE.

Pourquoi chercher à faire une amitié nouvelle ?

SUZANNE.

Cé Monsieur dort, je crois ?

HENRIETTE.

Respectons son sommeil.

SUZANNE.

Vous pourrez lui parler demain à son réveil.

DESPRÉS *d'Angers*.

Puisque vous le voulez, demain, soit.

CHARLES.

Sur mon ame,
Je crois que celui-ci lorgne encore ma femme.
(*A Suzanne*).
Il faudrait préparer le souper de Monsieur.

SUZANNE.

J'y vais. (*Elle sort.*)

DESPRÉS *d'Angers*.

Mais votre femme est charmante, d'honneur.

CHARLES.

Tout le monde le dit, et c'est ce qui m'excède.
J'aimerais presque autant, je crois, qu'elle fût laide.
Je m'en vais au souper donner aussi mes soins. (*Il sort*).

SCÈNE IX.

LES PRÉCÉDENS, hors SUZANNE et CHARLES.

DESPRÉS *d'Angers*.

ALLEZ. (*A Bernard qui écrit.*) L'acte est-il fait ?

BERNARD.

Mais il avance, au moins.

DESPRÉS *d'Angers.*

Pourrais-je vous prier d'une petite chose ?
Comme mon frère est mort, que c'est moi qui dispose
De son bien, attendu que son fils est mineur ;
D'une belle maison me voyant acquéreur,
Le monde va jaser ; mais en arrangeant l'acte,
Ma réputation pourrait rester intacte,
Et l'on ne pourrait pas gloser assurément
Sur un bien acheté, mon frère étant vivant.
Un changement de date en rien ne peut vous nuire ;
Nous pourrions nous entendre.

BERNARD.

Oh ! vous n'avez qu'à dire ;
Puisque cela vous plaît, j'y consens volontier,
Et date le traité du vingt du mois dernier.

DESPRÉS *d'Angers.*

Il ne me reste plus qu'à vous compter la somme :
La voila. Par ma foi, vous faites un brave homme.

BERNARD.

Oh ! point. Vous vous moquez.

DÉSPRÉS *d'Angers.*

Je n'ai jamais flatté ;
Mais, vraiment, dans vos traits se peint la probité.

BERNARD.

Allons donc...

HENRIETTE.

Si chacun avait votre droiture,
Est-ce que nous aurions besoin de signature ?

BERNARD.

Point du tout ; la parole entre nous suffirait.

DESPRÉS *d'Angers.*

Cela serait charmant ; signez donc, s'il vous plaît.

BERNARD *signant.*

Pardon.

SCÈNE X.

LES PRÉCÉDENS, FIGÉAC.

FIGEAC *un peu gris.*

J'AI déjà fait un souper raisonnable:
Voyons l'autre. (*A Després*). Bonsoir. Quand se met-on à table ?

DESPRÉS *d'Angers.*

Dans l'instant. Laissez-nous finir l'arrangement
Pour la maison.

FIGEAC.

Déjà ? C'est tout-à-fait charmant.
(*Bas à Henriette*).
Eloignez le papa : conduit par la tendresse,
Son frère va venir ici chercher l'hôtesse.
Vous m'entendez ?

HENRIETTE.

Fort bien. (*Haut*). On vient de nous servir,
Mon père.

FIGEAC.

Le souper pourrait se refroidir.

DESPRÉS *d'Angers.*

J'y suis. (*A Bernard*). Bien enchanté de votre connaissance.
Présentez-vous chez moi le jour de l'échéance,
Votre rente sera payée exactement.

BERNARD.

Serviteur, Citoyen.

DESPRÉS *d'Angers.*

Allons, viens, mon enfant.
(Revenant sur ses pas).
Observez que d'un mois antidater la vente,
C'est vous faire gagner un mois sur votre rente.

FIGEAC.

Cadédis ! cé calcul est d'un hommé d'esprit;
Mais gagnons lé souper; jé mé sens appétit.
(Ils entrent tous, à l'exception de Bernard).

BERNARD *à Després qui sort.*

Bonne nuit pour ce soir; pour demain, bon voyage.

SCÈNE XI.

DESPRÉS *de Paris*, BERNARD.

DESPRÉS *de Paris sortant de sa chambre.*

J'AI cru l'hôtesse ici.

BERNARD *l'appercevant.*

Quel est ce personnage
En deuil ? L'hôte parlait encore d'un héritier :
C'est cela. J'ai vendu ma maison au premier:
Si j'allais au second vendre ma métairie ?
Mais parlons-lui; peut-être Angers est sa patrie,
Et peut-être il connaît l'acquéreur de mon bien.
C'est en Anjou, je crois, que va le citoyen ?

DESPRÉS *de Paris.*

C'est vrai.

BERNARD.

Le citoyen n'y connaît personne?

DESPRÉS *de Paris.*

J'y connaissais...

BERNARD.

Pardon, si je vous questionne.
Si je le fais, vraiment, ce n'est pas sans raison;
C'est qu'à quelqu'un d'Angers j'ai vendu ma maison.
Je voudrais, quoiqu'ayant déjà des assurances,
Sur son état présent et sur ses espérances,
Connaître plus à fond encor ses facultés;
Car on ne prend jamais trop bien ses sûretés.
C'est un nommé Desprès.

DESPRÉS *étonné.*

Desprès!

BERNARD.

Oui. Je soupçonne
Que vous le connaissez; car son nom vous étonne.

DESPRÉS *de Paris.*

Ne vous trompez-vous pas?

BERNARD.

Point du tout. J'ai sur moi
Un bon sous seing-privé qui peut en faire foi.
(*Il tire l'acte de sa poche*).

DESPRÉS *de Paris.*

Permettez.

BERNARD *lui remettant l'acte.*

Volontiers.

DESPRÉS *lisant l'acte à mi-voix.*

Oui, voilà qui constate
Parfaitement la vente; et je vois à la date
Que mon malheureux frère était encor vivant,
Et qu'il ne comptait pas mourir si promptement.

Mais je ne croyais pas le pauvre homme assez sage,
Pour avoir de son bien fait un si bon usage.

(*Un peu plus haut*).

Ah, diantre ! il n'a donné comptant que la moitié !
J'aimerais bien autant que le tout fût payé.

BERNARD.

Et moi, j'y trouverais bien mieux mes avantages.

DESPRÉS *de Paris*.

C'est qu'on voit revenir souvent les arrérages;

(*A part, en examinant Bernard*).

Et puis, cet homme-là peut vivre encore long-tems !

BERNARD.

J'ai vu faire faillite à tant d'honnêtes gens !
Un débiteur, par fois, à s'enfuir est si leste !

DESPRÉS *de Paris*.

Si l'on vous proposait de vous payer le reste,
Vous accepteriez donc ?

BERNARD.

J'ai fait ce que j'ai pu
Pour l'y déterminer; il n'a jamais voulu.

DESPRÉS *de Paris*.

Eh bien, je le ferai, moi.

BERNARD.

Vous ?

DESPRÉS *de Paris*.

Oui. Je suis son frère.
Il est mort.

BERNARD.

Qui ?

DESPRÉS *de Paris*.

Lui.

BERNARD.

Bon !

DESPRÉS *de Paris.*

Oui, c'est pour l'inventaire
Que je vais en Anjou pour la succession.
Suis-je pas nécessaire à l'opération ?
Je me trouve tuteur de son unique fille ;
Elle n'a plus que moi pour parens, pour famille.
Je prétends conserver, même augmenter ses biens ;
Et cette occasion m'en offre les moyens.
Je suis en fonds, je peux payer votre créance ;
Prenez-moi cet argent, et donnez-m'en quittance.

SCÈNE XII.

LES PRÉCÉDENS, SUZANNE.

SUZANNE *à part dans le fond.*

CIEL ! il va tout gâter.

BERNARD *à Desprès.*

Expliquons-nous d'abord.
Etes-vous bien certain que ce frère soit mort ?

SUZANNE *se plaçant entr'eux deux.*

Pourquoi donc en douter, puisque Monsieur l'assure ?

BERNARD.

Mais vous, qui me parlez, vous devez être sûre
Du contraire.

DESPRÉS *de Paris.*

D'où vient ?

BERNARD.

L'acte vient d'être fait.

DESPRÉS *de Paris.*

Il est du mois dernier.

BERNARD.

Je conviens en effet
Que la date de l'acte...

SUZANNE.

Est encore un peu neuve;
Mais en un mois cé frère a pu mourir.

DESPRÉS *de Paris.*

La preuve,
C'est qu'effectivement il est mort...

BERNARD.

Je dis, moi,
Qu'il se porte à merveille, et j'en suis sûr.

SUZANNE.

Pourquoi
Monsieur vous dirait-il qu'il a perdu la vie?

BERNARD.

C'est qu'il est dans l'erreur.

SUZANNE.

Et qui donc, jé vous prie,
Peut avoir intérêt à l'abuser ainsi?

DESPRÉS *de Paris.*

Personne.

SUZANNE.

Vous voyez. Qué vous fait tout ceci
D'ailleurs? On veut payer votré maison; qu'importe
Qué cé soit d'uné bourse, ou d'une autre qué sorte
Votré somme, pourvu qué cé soit dé l'argent?
Lé voulez-vous enfin?

BERNARD.

Je le prendrai vraiment;
Mais...

SUZANNE.

Mais, mais, mais Monsieur va fairé la quittance,
Et vous la signérez.

DESPRÉS *s'assyeant et écrivant.*

Bien dit.

BERNARD.

Ma conscience...

SUZANNE.

Eh bien, elle prescrit de donner un réçu
Au débiteur qui vient nous apporter son dû.

BERNARD *à part.*

Il est quelqu'un ici qu'à tromper on s'occupe.
Dans tous les cas, au moins, ce n'est pas moi qu'on dupe,
Et j'aurai mon argent.

DESPRÉS *de Paris.*

Là ; voilà ce que c'est.

SUZANNE.

Allons, venez signer.

BERNARD.

En honneur, je ne sais
Si je peux...

SUZANNE.

Si je peux ? Quoi ! faut-il vous conduire
La main, comme aux enfans ?

BERNARD.

Non.

SUZANNE.

Vous savez écrire ?

BERNARD.

Mais...

SUZANNE.

Encor mais ! Signez, et prenez votre argent.

BERNARD.

Vous le voulez ?

DESPRÉS *de Paris.*

Eh ! oui. (*Bernard signe.*) Dites-moi maintenant :
Est-elle vieille ou neuve ? est-ce une maison grande ?

BERNARD.

Mais avant de répondre à ce qu'on me demande,
Je voudrais...

SUZANNE.

Vous avez quelque affaire chez vous
Qui vous appelle : allez; point de gêne entre nous.

DESPRÉS *de Paris*.

Mais...

SUZANNE.

J'ai vu la maison mille fois dans ma vie.
Elle est grande, solide et récemment bâtie.

BERNARD.

Mais ce n'est pas cela...

SUZANNE.

Bonsoir, mon cher voisin.

BERNARD.

Quoi !...

SUZANNE.

Ne remettez-vous pas votre affaire à demain?

BERNARD.

La politesse...

SUZANNE.

C'est un abus que je blâme.

BERNARD.

Pourtant...

SUZANNE.

Mes amitiés, de grace, à votre femme.

BERNARD.

Mais, de grace, un moment...

SUZANNE.

Vous êtes façonnier.

BERNARD.

Point du tout; mais...

SUZANNE.

Eh bien, jusques à l'escalier
Jé vous réconduirai.

BERNARD.

Que le diable m'emporte,
Si...

SUZANNE.

Laissez donc; jé veux sur vous fermer la porte.
(*Elle l'emmène.*)

DESPRÉS *seul.*

Me voilà bien instruit. Suivons-les, et tâchons
De connaître du moins, le bien que nous payons.

Fin du second Acte.

ACTE III.

SCÈNE PREMIÈRE.

SUZANNE, DESPRÉS *de Paris.*

SUZANNE.

ON a bien dé la peine à renvoyer les gens.

DESPRÉS *de Paris.*

Eh mais! c'est un métier qu'on entend bien au Mans,
A ce qu'il me paraît.

SUZANNE.

Oh! pas mieux qu'ailleurs.

DESPRÉS *de Paris.*

Peste!
A chasser celui-ci, vous avez été leste.
J'ai couru après vous; mais déjà vous aviez
Sur lui fermé la porte.

SUZANNE.

Est-cé qué vous vouliez,
Par hazard, lui parler?

DESPRÉS *de Paris.*

Mais cela va sans dire.
J'ai payé; c'est fort bien; mais je voulais m'instruire...

SUZANNE.

Eh! qué né disiez-vous, jé l'aurais arrêté.
Jé voulais vous sauver son importunité;
C'est un bavard.

DESPRÉS *de Paris.*

DESPRÉS *de Paris.*

N'importe.

SUZANNE.

Après lui jé vais faire
Courir un dé mes gens, qui lé joindra, j'espère?

DESPRÉS *de Paris.*

Bon! il est déja loin. Moi, j'aurais voulu voir
Cette maison.

SUZANNE.

Eh donc, qu'y verriez-vous cé soir?
Il fait nuit. En ces lieux vous révienndrez, jé pense.

DESPRÉS *de Paris.*

Mais...

SUZANNE.

Oh! oui, nous férons plus ample connaissance;
Vous verrez la maison, vous logérez chez nous,
Chez nous! heureux d'avoir un hôte tel qué vous.

DESPRÉS *de Paris.*

Pour la maison, pour vous, je reviendrai sans doute.
Voilà bien de l'argent que mon frère me coûte.

SUZANNE.

C'est à quoi vous déviez vous attendre. Un parent
Fait verser, quand il meurt, des pleurs et dé l'argent,
A moins qué l'on n'hérite.

DESPRÉS *de Paris.*

Ah! le bien de mon frère
Ne rendrait pas pour lui mon regret moins sincère.

SUZANNE.

Mais cé frère qu'ici vous semblez régretter,
Vous né pouviez, dit-on, lé voir sans disputer?

DESPRÉS *de Paris.*

Oui; mais c'était ma faute; en homme vraiment sage,
Moi, j'aurais dû céder. Au fond, quel avantage
Pouvait-il résulter pour moi d'être l'aîné?

SUZANNE.

Oh ! c'est qu'on est flatté d'être lé prémier né !

DESPRÉS *de Paris.*

Et du pauvre défunt telle était la faiblesse.
J'aurais dû lui céder ce maudit droit d'aînesse.
Mais , toute affaire à part , parlons un peu de vous.
Parbleu , je suis tombé dans un gîte bien doux !

SUZANNE.

Vous désirériez donc voir votré frère en vie,
Monsieur ?

DESPRÉS *de Paris.*

En doutez-vous ? C'est ma plus chère envie.
Revenons , s'il vous plait. Ne suis-je pas heureux
Que le carrosse m'ait descendu dans ces lieux ,
Près d'un charmant objet ?

SUZANNE.

Vous êtes trop honnête.

(*A part*).
Il est vif.

DESPRÉS *à part.*

Eh ! je crois que j'ai fait sa conquête.

SUZANNE *à part.*

Il régrette son frère. Il mé vient un projet.

DESPRÉS *de Paris.*

Vous m'inspirez vraiment le plus vif intérêt.

SUZANNE.

Mais vous partez demain ?

DESPRÉS *de Paris.*

Voulez-vous que je reste ?

SUZANNE.

Jé vais , si jé réponds , vous paraître un peu leste.

DESPRÉS *de Paris.*

Comment ?

SUZANNE.

Jé né sais trop comment donner un tour
Au désir dé vous voir ici faire séjour.
Qu'en allez-vous penser ?

DESPRÉS *de Paris.*

Que vous êtes charmante.

SUZANNE.

Oh ! vous êtes trop bon ! Jé suis votré servante.

DESPRÉS *de Paris.*

Comment ! vous me quittez ?

SUZANNE.

Oh ! c'est bien à régret ;
Il lé faut.

DESPRÉS *de Paris.*

Il le faut ? Et pourquoi, s'il vous plaît ?

SUZANNE.

Nos amis sont là-bas, on m'attend pour la danse ;
Commé c'est moi qu'on fête, il faut qué jé commence.

DESPRÉS *de Paris.*

Serez-vous bien long-tems ?

SUZANNE.

Lé tems d'un ménuet.

DESPRÉS *de Paris.*

Si vous vouliez après revenir en secret ?

SUZANNE.

Vous avez donc, Monsieur, quelqué chose à mé dire ?

DESPRÉS *de Paris.*

Hélas ! auprès de vous on se tait, on soupire ;
Mais qu'un pareil silence, au fond, est éloquent !

SUZANNE.

Vous mé l'expliquérez dans un pétit moment.

DESPRÉS *de Paris.*

Ainsi, vous reviendrez ?

SUZANNE.

Oui; mais sortez bien vîte :
Mon mari peut vénir mé chercher.

DESPRÉS *de Paris.*

Je vous quitte.
Je vais, en attendant, causer avec mon fils.
Ne manquez pas ?

SUZANNE.

Oh! non.

DESPRÉS *de Paris.*

Je la tiens.

SUZANNE.

Il est pris.

DESPRÉS *de Paris.*

Sans adieu.

SUZANNE *seule.*

Chacun d'eux pleure son frère, et l'aime ;
Pourquoi poussérions-nous plus loin lé stratagême ?
Il faut, sans nul délai, tous deux les aboucher.

SCÈNE II.

FIGEAC, SUZANNE.

FIGEAC *tout-à-fait ivre.*

JÉ né sais ; mais mon corps commence à trébucher.
Qu'est-cé donc? on dirait presque qué jé suis ivre.

SUZANNE.

Ah, Figeac! il est tems dé les fairé révivre.

Avec chaqué vieillard tour-à-tour j'ai causé ;
J'ai vu qué dé chacun lé trépas supposé
A tout-à-fait éteint leur ancienné quérelle
Et fait rénaître en eux l'amitié fraternelle.

FIGEAC.

Vous croyez ? Vous pouvez en juger mieux qué moi ;
Vous êtes dé sang-froid.

SUZANNE.

Mais il est gris, jé croi ?
Quoi, Figeac! quand il faut, pour uné grande affaire ;
Garder soigneusément sa raison toute entière,
Jé vois avec nos gens qué vous avez tant bu,
Qué chez vous l'équilibre est tout-à-fait perdu ?

FIGEAC.

Écoutez-moi, ma sœur. Mon rôle était dé boire ;
Et jé l'ai bien rempli. N'est-il pas méritoire
Qué forcé dé souper tour-à-tour avec deux,
Jé né sois pas plus gris qué né l'est chacun d'eux ?

SUZANNE.

C'est prouver qué l'on a dé la raison dé reste.

FIGEAC.

Jé né lé disais pas ; car jé suis si modeste !

SUZANNE.

Allez dormir, et moi jé mé chargé dé tout ;
Moi seule, jé mettrai notre entréprise à bout.
Jé m'en vais enflammer d'abord lé sécond frère,
Lui laisser concévoir l'espérance dé plaire,
Lui donner en ces lieux lé même rendez-vous,
Les réconciliér, et guérir mon jaloux.

(*Elle entre dans la chambre de Després*).

SCÈNE III.

FIGEAC, CHARLES.

CHARLES.

OU diable est donc ma femme ? Elle babille ailleurs,
Et me laisse là-bas faire seul les honneurs ;
Pour commencer le bal, nous n'attendons plus qu'elle.

FIGEAC.

Votré femme, Monsieur ? qu'elle est spirituelle !

CHARLES.

Comment ?

FIGEAC.

Dispensez-moi dé vous en diré plus.
Autant qu'à ses appas, croyez à ses vertus.
Mais vous parlez dé bal ; la fatigué m'accablé.
Danser, jé né saurais. Jé vais, avant la table,
Mé livrer aux douceurs d'un sommeil opportun,
Pour pouvoir au souper mé présenter à jeun.
Bonsoir.

CHARLES *seul.*

Mais, sans façon, ce beau Monsieur s'invite.
Je me serais passé fort bien de sa visite.
Ces deux vieillards qui m'ont donné plus d'un soupçon,
Sont, je crois, les amis de ce maudit Gascon.

SCÈNE IV.

CHARLES, DESPRÉS *fils*.

DESPRÉS *fils*.

MON DIEU, que votre femme a, Monsieur, d'industrie!

CHARLES.

Bon! tous, excepté moi, la trouvent accomplie.

DESPRÉS *fils*.

Mon père tout-à-l'heure, en petit indiscret,
Vient de me confier qu'après un menuet
Qu'elle danse là-bas, elle doit ici même
Revenir le trouver. C'est qu'il croit qu'elle l'aime?
C'est pour nous qu'elle agit, n'est-ce pas?

CHARLES.

Sûrement.

DESPRÉS *fils*.

Un pareil rendez-vous n'est-il pas très-plaisant?

CHARLES.

Très-plaisant en effet. (*A part.*) Ce diable de jeune homme,
Avec ses rendez-vous, à tout moment m'assomme.

SCÈNE V.

LES PRÉCÉDENS, HENRIETTE.

HENRIETTE.

C'EST vous? Allons, prenons courage, mon cousin.

L'hôtesse est bien adroite : elle a, je crois, dessein
De donner en ces lieux rendez-vous à mon père.

CHARLES.

Encor un rendez-vous ! c'est le diable !

HENRIETTE.

J'espère,
Quoique j'ignore encor le fond de son projet.
Elle prend à nous deux un si vif intérêt !...

CHARLES.

En un instant, voilà le second qu'elle donne !!
Ventrebleu, j'ai pour femme une belle personne.

SCÈNE VI.

LES PRÉCÉDENS, SUZANNE.

SUZANNE.

AH ! vous voilà, mon cher ? Eh bien, danserons-nous ?
J'en brûle, tant jé suis joyeuse d'être à vous.

CHARLES.

Danser, perfide ! Après un an de mariage,
Oser à votre époux faire un pareil outrage !

SUZANNE.

D'où vient donc cé courroux ?

CHARLES.

Vous me le demandez,
Lorsque des rendez-vous par vous sont accordés !

SUZANNE.

Vous né méritez pas l'honneur qu'on vous réponde.

CHARLES.

Vous verrez que j'ai tort.

SUZANNE.

Mais nous avons du monde
Là-bas ; allons lé joindre.

CHARLES.

Un moment, s'il vous plaît.

SUZANNE.

Jé né vous quitte pas ; sérez-vous inquiet ?
Et vous, chers jeunes gens à qui jé m'intéresse,
Suivez-nous, et prénez part à notre allégresse.
J'espère à votré noce assister à mon tour.

DESPRÉS *fils*.

Mais encore, il faudrait...

CHARLES.

Oh ! c'est un vain détour.

SUZANNE.

Parlez bas. Jé veux bien expliquer ma conduite ;
Mais la place est mauvaise ; ainsi donc qu'on la quitte.
(*A Després*).
J'entends votré papa ; laissons-les à loisir
Sé parler, s'embrasser, suivant notré désir.
Dans un pétit moment nous pourrons réparaître.

CHARLES.

Mais encor...

SUZANNE.

Vénez donc. (*Elle emmène tout le monde ; et emporte la lumière*).

SCÈNE VII.

DESPRÉS *de Paris*, DESPRÉS *d'Angers.*

DESPRÉS *de Paris sortant de sa chambre, une lumière à la main.*

Au rendez-vous peut-être
Elle est déjà. Personne ! Attendons un moment. (*Il s'assied à un coin du Théâtre*).

DESPRÉS *d'Angers sortant de sa chambre, une lumière à la main.*

Son ménuet, je crois, est fini maintenant.

DESPRÉS *de Paris se levant.*

Quelqu'un vient ?

DESPRÉS *d'Angers.*

À mes vœux elle sera sensible !

DESPRÉS *de Paris.*

Est-ce vous ?

DESPRÉS *d'Angers.*

Oui ; c'est moi qui veux... (*Reconnaissant son frère*).
Est-il possible !

DESPRÉS *de Paris.*

O ciel ! que vois-je ?

DESPRÉS *d'Angers.*

Allons, éveillons-nous ; je dors.

DESPRÉS *de Paris.*

C'est un rêve !

DESPRÉS *d'Angers.*

En dépit de tous les esprits forts,
Je crois aux Revenans.

DESPRÉS *de Paris.*

Mais ce visage blême,

C'est mon frère, ou son ombre!

DESPRÉS *d'Angers.*

Une ombre! ombre vous-même!

DESPRÉS *de Paris.*

J'ai du courage; mais...

DESPRÉS *d'Angers.*

La frayeur me saisit!

DESPRÉS *de Paris.*

Je suis un corps; c'est vous qui n'êtes qu'un esprit.

DESPRÉS *d'Angers.*

Allons donc; j'ai sur moi votre extrait-mortuaire.

DESPRÉS *de Paris.*

Dites donc que sur moi j'ai le vôtre, au contraire.

DESPRÉS *d'Angers.*

Le voici.

DESPRÉS *de Paris.*

Le voilà.

DESPRÉS *de Paris.*

Se peut-il!... Oui, vraiment.

DESPRÉS *de Paris.*

Comment! malgré l'extrait, il est encor vivant?

DESPRÉS *d'Angers.*

C'est lui-même en personne!

DESPRÉS *de Paris.*

Et mais, par quel prodige

Es-tu ressuscité?

DESPRÉS *d'Angers.*

Mais toi, par quel prestige

Te trouvé-je en ces lieux, quand je te croyais mort?

DESPRÉS *de Paris.*

Comment, mon pauvre frère! Embrassons-nous d'abord;

Nous nous expliquerons après.

DESPRÉS *d'Angers.*

Du fond de l'ame,
Tu vis tout mon chagrin, quand je perdis ma femme :
Je t'ai pleuré bien plus.

DESPRÉS *de Paris.*

Oh ! je connois ton cœur !

DESPRÉS *d'Angers.*

Nous nous sommes tous deux fait une belle peur !

DESPRÉS *de Paris.*

Champagne et ses scellés ne m'étonnent plus guère !

DESPRÉS *d'Angers.*

Tu n'as pas deviné qu'ils venaient de ton frère.

DESPRÉS *de Paris.*

Touche-là. Par ton ordre on les a mis chez moi,
Tandis que par le mien, on les mettait chez toi.

DESPRÉS *de Paris.*

Mais qui diable a donc pu forger de telles fables ?

DESPRÉS *d'Angers.*

Je soupçonne entre nous... Tiens, voilà les coupables,
Je crois.

DESPRÉS *de Paris.*

Qui, nos enfans ?

SCÈNE VIII.

LES PRÉCÉDENS, DESPRÉS *fils*, HENRIETTE.

DESPRÉS *de Paris à Després fils.*

EH, viens, mon cher neveu !
Comme il est grand ! Le drôle est beau garçon, parbleu !

DESPRÉS *de Paris.*

On n'est pas plus jolie, en honneur, que ma nièce.

DESPRÉS *d'Angers.*

Ah! friponne et fripon, vous nous avez fait pièce!

DESPRÉS *fils.*

Vous savez tout. Eh bien, qui pourra nous blâmer
Pour rapprocher deux cœurs qui sont faits pour s'aimer?

DESPRÉS *de Paris.*

Ce n'est pas moi.

DESPRÉS *d'Angers.*

Ni moi.

DESPRÉS *de Paris.*

Pour que tout en finisse,
De mes prétentions, je fais le sacrifice.

DESPRÉS *d'Angers.*

Point du tout, et c'est moi qui veux céder. Au fond,
Par toi-même, tu sais pourtant que j'ai raison;
Car le procès-verbal fait à notre naissance...

DESPRÉS *fils.*

Ah! nous sommes perdus; la dispute commence.

DESPRÉS *d'Angers.*

N'importe, je consens à passer pour cadet.
Es-tu content, voyons?

DESPRÉS *de Paris.*

Mais tu l'es en effet;
Car ce procès-verbal fut blâmé par mon père:
Il le désavouait.

DESPRÉS *d'Angers.*

Il est vrai; mais ma mère...

DESPRÉS *de Paris.*

Oui; mais la pauvre femme, à la fin, radotait.

DESPRÉS *d'Angers.*

Parlez de notre mère un peu mieux, s'il vous plaît.

DESPRÉS *d'Angers.*

Je reconnais bien là votre folle cervelle.

HENRIETTE.

Pour une misère !...

DESPRÉS *de Paris.*

Oui, c'est une bagatelle,
J'en conviens ; mais j'y tiens

DESPRÉS *d'Angers.*

Vous voyez, je cédais ;
Mais Monsieur ne veut pas que nous ayons la paix.

DESPRÉS *de Paris.*

C'est que Monsieur n'est pas homme à céder son titre.

DESPRÉS *d'Angers.*

De notre différend, ma fille, sois l'arbitre.

DESPRÉS *de Paris.*

Je te laisse entre nous le soin de prononcer.

DESPRÉS *d'Angers.*

Là, n'est-ce pas lui seul que l'on doit accuser
Des malheurs que chez nous nos disputes rappellent ?

DESPRÉS *étonné.*

Morts, ils se regrettaient ; vivans, ils se querellent !

SCÈNE IX.

LES PRÉCÉDENS, SUZANNE.

SUZANNE.

On est d'accord, je crois ?

HENRIETTE.

Un bel accord, vraiment ?

SUZANNE.

Vos voitures, Messieurs, vont partir à l'instant;
Mais vous ne partez pas avec elles, je gage?

DESPRÉS *de Paris*.

Oh! si fait.

SUZANNE.

Vous voulez achever le voyage?

DESPRÉS *de Paris*.

Non pas; mais sur un point on peut s'entendre enfin;
Mon frère, c'est ici la moitié du chemin:
Vous n'avez pas dessein d'aller plus loin, je pense;
Ni moi non plus; ainsi changeons de diligence,
Et, sans avoir besoin de rien changer au prix,
Nous reverrons bientôt, vous Angers, moi Paris.

SUZANNE.

Comment!...

HENRIETTE.

Ils sont brouillés plus que jamais, ma chère.

DESPRÉS *d'Angers*.

Ah, parbleu, volontiers! c'est une chose à faire.
Profitons du moment où je suis en courroux.

HENRIETTE.

Eh, quoi! se pourrait-il?...

DESPRÉS *fils*.

Mon père, y pensez-vous?

DESPRÉS *de Paris*.

Tais-toi. Je saurai bien assez long-tems, j'espère,
Pour être loin d'ici, conserver ma colère.

SCÈNE X.

LES PRÉCÉDENS, FIGEAC.

FIGEAC.

Qu'est-ce? on sé dit adieu! Mais vous n'y pensez pas!
Songez qu'il reste encore à goûter d'un répas.

DESPRÉS *de Paris.*

Ah! vous voilà, Figeac; j'en ai l'ame ravie.

FIGEAC

Monsieur!...

DESPRÉS *d'Angers.*

Voyez les fruits de votre fourberie!

DESPRÉS *de Paris.*

Oui, vous faites vraiment un fort joli garçon!

FIGEAC.

Monsieur, c'est trop d'honneur.

DESPRÉS *d'Angers.*

La belle invention!
Nous ne nous querellions que par correspondance;
Voilà les ennemis maintenant en présence,
Et tout cela, Monsieur, grace à vos procédés.

DESPRÉS *de Paris.*

Le fat!

FIGEAC.

C'est donc ainsi qu'ils sont raccommodés?

DESPRÉS *d'Angers.*

Il fait l'officieux!

FIGEAC.

FIGEAC.

Mettez-vous donc en quatre,
Pour obliger les gens ! Si l'on osait me battre,
On le ferait, je crois, pour me récompenser.

DESPRÉS *de Paris.*

Allons, allons, partons sans plus nous amuser.

SUZANNE.

Comment les retenir ?

DESPRÉS *fils.*

Vous pâlissez, mon père !

SUZANNE.

Vous trouveriez-vous mal ?

DESPRÉS *de Paris.*

Moi ?

FIGEAC.

Votre front s'altère.

SUZANNE *à Desprès d'Angers.*

Il change de couleur.

DESPRÉS *d'Angers.*

Mon frère, asseyez-vous.

Voici qui m'inquiète !

DESPRÉS *de Paris.*

Extravaguez-vous tous ?

DESPRÉS *d'Angers.*

Cet accident me touche autant qu'il est possible !

DESPRÉS *de Paris.*

A ce tendre intérêt, je suis vraiment sensible ;
Mais je me porte bien, et ne puis concevoir...

DESPRÉS *d'Angers.*

C'est qu'on est quelquefois fort mal, sans le savoir.

FIGEAC.

Vous voilà tous les deux occupés l'un de l'autre.
Bon dieu ! quel singulier caractère est le vôtre ?

Qu'il fait étrangément souffrir tous vos amis!
Par le sang, l'amitié, deux frères sont unis;
Par quel destin, malgré cette amitié si tendre,
Leur faut-il un révers pour qu'ils puissent s'entendre?

SCÈNE XI.

LES PRÉCÉDENS, M. BERNARD.

BERNARD.

Vous êtes encor là, tous deux? j'en suis ravi.
Je craignais qu'un de vous déjà ne fût parti.
Ce papier, en rentrant, vient de frapper ma vue:
Il est pour la maison que je vous ai vendue;
C'est un avis à moi de payer au plutôt
Pour ladite maison, certain petit impôt.
Qui doit payer? C'est vous; car, prévoyant la chose,
Dans l'acte j'ai pris soin, par une expresse clause,
D'en charger l'acheteur: or un de vous deux l'est.

DESPRÉS *d'Angers*.

Parbleu, c'est moi!

BERNARD.

Tout doux. De ma maison après
Que vous m'eûtes payé la moitié, votre frère
A tout d'un coup éteint ma rente viagère.

DESPRÉS *d'Angers*.

Comment donc?

BERNARD.

Selon lui, vous n'étiez pas vivant:
Pour me faire accepter le reste du paiement,
Il m'a, demandez-lui, presque fait violence.
Je ne mens pas; il peut vous montrer ma quittance.
Or à qui la maison doit-elle s'adjuger?

FIGEAC.

J'entrévois un moyen qui peut tout arranger.
Attendez... Dé l'objet sur léquel on conteste,
Vous avez donc payé vous moitié, vous lé reste?
Croyez-moi, rénoncez à sa possession,
Et dé chaque moitié dé l'acquisition
Dotez, vous votré fils, vous votre aimablé fille;
La maison restéra par-là dans la famille.
Voulez-vous réculer encor leur union?
Quant à moi, leur amour mé fait compassion.

DESPRÉS *de Paris*.

Mon frère, qu'en dis-tu?

DESPRÉS *d'Angers*.

Qu'en penses-tu, mon frère?

DESPRÉS *de Paris*.

Marions nos enfans; nous ne saurions mieux faire.
Pour nous, qui ne pouvons nous voir sans disputer,
Il faut bien nous résoudre encor à nous quitter.

FIGEAC.

Point. A vous accorder lé ciel, jé crois, m'appelle;
Jé veux couler à fond votré vieille quérelle.
Qu'est-ce qu'un droit d'aînesse? un pur droit féodal.
Un aîné dé vingt ans a droit dé trouver mal
Qué pour lui son cadet manque dé révérance?
Soit. Mais entre jumeaux petite est la distance;
Aucun d'eux n'est cadet, et tous deux sont aînés.
Sur cé point cépendant êtes-vous obstinés?
Ouvrez l'histoire sainte et l'histoiré prophane,
Et vous verrez par-tout qué lé sage condamne
Tout débat sur cé droit. L'écriture lé dit:
Voyez cé qu'à Jacob Ésaü lé vendit.
Dans l'ancien testament, si dé telles vétilles
Sé vendaient tout-au-plus pour un plat dé lentilles,
Qué peut valoir céla mainténant? Moins qué rien.

SUZANNE.

Lé pays a raison; embrassez-vous donc bien.

Desprès d'Angers.

C'est de bon cœur !

Desprès de Paris.

J'y vais du meilleur de mon ame !

SCÈNE DERNIÈRE.

LES PRÉCÉDENS, CHARLES.

Charles.

Est-il possible ? Au-lieu d'en conter à ma femme,
Chacun avec plaisir embrasse son rival ?

Suzanne.

Eh ! oui vraiment, mon cher. Faisais-je donc si mal,
En feignant d'écouter leurs flammes amoureuses ?
Mais vos craintes n'en sont pas moins injurieuses.
Croyez-moi, rénoncez à vos soupçons jaloux :
Lé plus sage parti toujours pour un époux,
Est d'avoir en sa femme entière confiance ;
Car aussi bien, malgré toute sa vigilance,
Il n'en séra jamais que cé qu'elle voudra.

Figeac.

Mettez bien à profit cé qu'elle vous dit-là.
Quant à vous, pour finir tout-à-fait vos querelles,
Jé pourrais vous citer bien des raisons nouvelles.
Mais il est tard ; gagnons au plutôt lé festin :
Jé né veux plus parler qué lé verre à la main.

Fin du troisième et dernier Acte.

De l'Imprimerie de Cordier, rue neuve Beaurepaire, No. 382.

www.ingramcontent.com/pod-product-compliance
Ingram Content Group UK Ltd.
Pitfield, Milton Keynes, MK11 3LW, UK
UKHW020326220726
13923UKWH00003B/1391

9 782329 052175